第35届
青春诗会诗丛
《诗刊》社／编

命运遗迹

周卫民 著

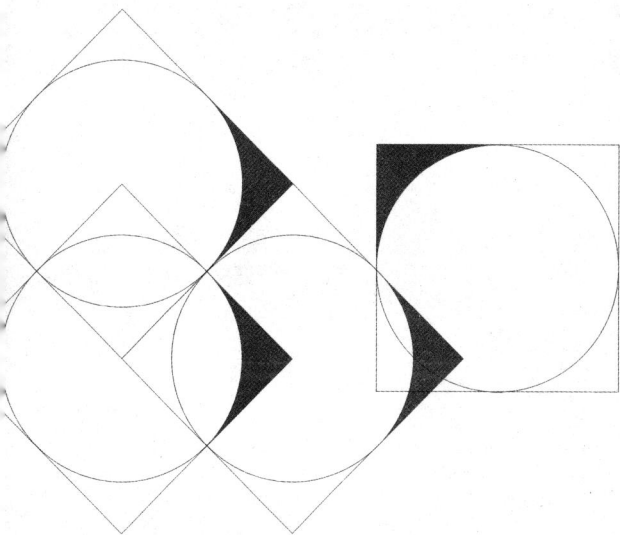

南方出版社
海 口

图书在版编目（ＣＩＰ）数据

命运遗迹 / 周卫民著 . -- 海口：南方出版社，
2019.8（2019.10 重印）
（第 35 届青春诗会诗丛）
ISBN 978-7-5501-5572-5

Ⅰ . ①命… Ⅱ . ①周… Ⅲ . ①诗集 – 中国 – 当代
Ⅳ . ① I227

中国版本图书馆 CIP 数据核字 (2019) 第 157219 号

命运遗迹

周卫民 著

责任编辑：高 皓
特约编辑：彭 敏
装帧设计：史家昌

出版发行：南方出版社
地　　址：海南省海口市和平大道 70 号
邮　　编：570208
电　　话：0898-66160822
传　　真：0898-66160830
经　　销：全国新华书店
印　　刷：阳谷毕升印务有限公司
版　　次：2019 年 8 月第 1 版
印　　次：2019 年 10 月第 2 次印刷
开　　本：787mm×1092mm　1/32
印　　张：5
字　　数：128 千字
定　　价：40.00 元

目录

CONTENTS

辑一 · 中年落雪

辑二　青春传说

辑三　印记与消匿

辑一 中年落雪

下雪了

下雪了，天空浑浊不清
头发先白的，都是匆匆赶路的中年人

雪地上，很容易欢呼雀跃
我们需要的那么多
此刻，一下就简单了

其实，无解的问题
还在。来场让大地爱憎分明的雪
我们每踩一下
都获得真实的回声

堆砌着期待中的模样
对望那些瞪大的眼睛
拉住那双白茫茫中红彤彤的手
笑一笑，雪停以后
严肃的生活，又会呼啸而来

初 秋

那个清晨
十几只燕子在村口穿梭往来
光线被它们瞬间切断
又旋即复合
像是黑暗的房间看出去
旋转的风车，将光束切割

身躯，跟随着大地的颠簸
脚下潮湿，攀援而上
深沉的叶子发出光亮
晨风中，一切在舒展

穿行于熙熙攘攘的世上
众生在各自的乐谱上忙碌
我一抬头，看到时光的音符
缤纷飞舞

我们走过的地方

弯曲的路被踩得直了
林边水池碧绿鲜艳
那棵像你一样婆娑的苹果树
开满酸甜的花朵
在风中，时光柔软地停靠
瞬间定格为恒久

如果那一天，时间消失
我们停留在那里
是多么幸福的事
两个沉甸甸的引力体
压弯物理空间曲面
满足地塌陷在一起
收缩成宇宙奇点

要穿越多少山水
才能在风雨中洗尽生命的杂质
要经历多少悲喜
才能顿悟此生

我们终将错失命运的惊喜。
此刻，我们走过的地方

花蕊间涌动着果实的欲望
流逝的过往，去向更高更远处
重返青青枝头
回望走来的道路

影 子

那个失眠的人
深夜跌落深渊
爬上来时
带回一身无法脱落的茫茫夜色

我和影子已不在同一时空
遥遥相对，再难重合
我身体凹陷处
有他曾经藏身的痕迹

他被丢弃在黑暗中
我们闭上眼睛
便再也找不到自己的影子

照　片

我常梦见自己是个老人
昏暗房间里
光线中浮现着另一个人
之后破灭。我拿着的
一张照片，没有声音

一直试图看清，照片上的人
他那么模糊，又如此清晰
像是我不曾见过的人
又像一个将要失去的朋友
唯恐每次睁开眼，照片还在面前
唯恐它会带我穿越时空
却丢下另一个人

这样的梦，折磨着我青春
我的中年
还时常在深夜光临

输入法

它记录我使用过的词汇
使它们日益壮大
如一支前行的队伍

我的一生慢慢消磨
这些义正辞严的口号与不为人知的秽语
还有本该遗忘的名字
会不时冒出来，让我慌乱遮掩

它们在网络世界一路奔跑
最终气喘吁吁，破碎成陈旧符号
现在我不想捡起任何一个
命运早已安排了
一切。走过的都已走过了

我将在老去后的黄昏里
敲击键盘，引诱它们
看其是否随时待命
准确地重现我经历过的世界
还是早已无影无踪
远远地跑去，拼凑了他人的一生

手 腕

那年酒酣之际掰手腕
我们打败所有对手
所有人看我们对决等待结局
僵持中，无法进一步
也无法退一步
直至骨裂声从手臂传来
最终和平结束
从此我拳头难以握紧
腕内裂痕从未愈合，但对他从未提及
后来相遇时，我们早已陌生
想起时，时光已去很久
我还未想好
何时告诉他这半生疼痛
就传来他离开的消息
从此我的手臂空空荡荡

指 针

梦中手表停止转动
打开表盘，手腕一晃
内部零件悉数脱落
指针与刻度线竖起，挣脱平面
扎向手心，也从手心向外
撑起刺状的球
规则高低不平，指向琢磨不定
表弦仍在释放压力
保持节奏，向四周空远处
荡漾余波，指针不再输出
线性时间，放弃永恒
这是它的选择
在我醒来前，数次握紧
感悟它的态度
冰凉而锋利

他们朝着前方驶去

这一定不正常
深夜，一辆客车朝京城方向驶去
巨大气流擦过我的车
我们被刮得抖了一下

要命的是那车窗后，亮着无数双眼睛
像是明晃晃的珠子
留下一道道掠影

小镇东边没有路
向西行驶，这么多人集体离去
肯定有迫不及待的原因
和一个不可泄露的暗号

像是缄守着一种默契
相遇时，我们同时加快速度
突变的速度，产生了磁场风暴
在我越是靠近家门时
越是感觉被卷走了身体

遥 远

经过陌生的村庄，感到熟悉又亲切
喜欢的歌声
似曾相识的人
我将他们对号入座
恍然看到很久以前的情景

以为她会在河边端坐
微笑不语

我穿街走巷
找不到通往河边的路
慌乱焦急，满头大汗

暮色苍茫，我仍不肯离去
如果，回到现实中
她会离我更遥远

有些过往

说好的雪，变成一场冰凉的雨
是不是雪隐匿在空中的雾霾里？
擦尽了骨子里的磷火
总有一些虔诚之约
提前消融

雨打街巷低处
撞击、徘徊，寻找出口
大地残存温度，泯灭雨中
不实谎言
在空中反复融化

当明晨大雪姗姗而至
漫天飞舞的花朵
绽放一个虚幻又真实的世界
这些过往，已是前世

林间孤岛

它们向上爬的姿势
定格在树上
从内里跳脱的身体
又向上飞奔
整片林木间金光闪闪
尖啸哨音在漩涡里打转

风吹枯叶，哗哗漫卷
蝉蜕被无情刮掉
果实纷纷坠下
湮没进落叶大潮

彼时哨音减弱
天空有强烈的反光
我在这里错过风向
成为万籁悲鸣的孤岛

空 城

从那个时候穿行来的老友
未必是当年至交
手足之谊、快意之事与他无关
但故人敲醒安歇已久的尘窗
如走出一个自己，与今天相遇
一切安好，他说
一切依旧，除了眼角犁出鱼尾
谈笑里华发初生，若问别后
平添他世界里的妻子儿女
都很好，他说
仿佛我们刚刚相识
相遇于半生途中，本无交集
这就够了，他说
那个我们都崇拜的英雄
你猜怎样，短命
我们对饮，心里还隔着一座城市
城市里还住着两个姑娘
我们知道，夜深后难免把酒深醉
想想又咽下，杯中淡化的红茶
明天酒醒后各自分开
一切依然安静
只在心里留下座空城
恍然数日

水中世界

从河岸看城市灯火
容易望见一盏盏记忆
容易让一个深情过的人
轻易念起另一人
还会从整排倒影里
叹息那些留下遗憾的地方
和已模糊离因
无法抓紧的，剥开夜色
一下涌出鲜活
现在水满，突然多了不安
还有一个世界，在水中摇晃
那里缺失了我
却原来，一直构建着
我有过的担忧想象
和无法完成的选择
不停地拆解、组合
在水中呈现

猫

它一定看到过什么
不为人知的
色彩变幻，谜一样幽深的眼睛
安于园内黄昏，不肯离去
楠木的幽香
飘浮黑暗里
它发光的瞳孔
倒映祠内神的微笑
盯着石像也是一种对话
彼此眼神交流
看朝拜的人多了
它卧在那个位置，也能感受法力吧
古祠的幽静
披在一只猫身上闪闪发光
我们对视了下
像是彼此知音

香 火

膜拜者罕至的云迹深处
常有草木灵兽聚集
荒庙尘灰覆盖多年
今日，我点燃一炷香火
烟雾缭绕，山顶虚空
供坛重获温暖
我的心重获温暖

大山肃穆
我望向天空高处
山河不动，鸟兽无扰
香灰缓缓坍落
万象于寂静中寂静
我满怀期待
已知何去
何从

列车上

醒来确定不好方向
我怀疑上错了列车
疑惑被 300 千米／小时的速度扭弯
那么多变形的厂房、农田
和造型奇怪的建筑哑然划过
而渐隐的天色
朝我们来的方向张开了嘴

邻座是位混血的姑娘
当夜色泛起
她的眼睛隐现出湛蓝的光
她目视前方从未眨动眼睛
她的脸像雕塑样僵冷
我猜想她青灰色的衣服下
缺少一颗带着热度的心

我忽然看到整条车厢只剩我们
这时静极的风开始涌动
当我们的衣服轻轻飘起后
露出了彼此相同的暗记

山 间

没有什么比在白雪皑皑的山间逗留
更让自己感觉是过客
哈气喷薄而出，凝固后落下
我们跳出原本时间的流速
在静止的空间里格格不入

白雪覆盖房屋的光线
遮掩屋檐下老人的脸
碾入山间的车痕带着温度
鞭挞出一条条污迹
不觉中冷风包围了我们的身体
风摇动着树枝
就要抖落渐晚的天色

杨树林

杨絮在这个季节狂奔
在没有终点的公路上旅行
单程车票是生命的标签
它们和我一样
为了走远，宁愿重复别人的路
也不回头

你我停驻白色种子生命之源
诞生、膨胀，如宇宙爆炸之初
粒子的流萤瞬间喷涌逃离黑洞
我是多么不愿把它们比喻成雪
但它们像雪一样狂欢
也像雪一样燃烧、泯灭

你我的身体
是阻挡它们通往世界的驿站
它们粘在身上，临摹我们的轮廓
又绽放出思维花朵
然后抛出美丽弧线
飘向贫瘠
和丰饶的原野

在弯曲的球面
无数躯干雄起，直指苍穹
它们垂直抓紧命运净土
随时要把这个星球的皮肤撕裂
另一些就这样漂泊着
携带原始能量
当它们游离到广袤的宇宙
我们称之为星尘

加湿器

邻桌买了加湿器
快递包装扔在我脚下
白色气雾升起
她的笑不再干巴巴地带一丝苦

不停地嘟嘟叫着
在水雾弥漫中
有人站起来看了看，不露声色
又埋头工作
我闭上眼睛深呼吸
也想让自己随着气雾
湿润起来

咖啡机

那台退休的半自动机咖啡机
被丢进角落
全自动机咖啡机崭新上岗
轻轻一按，就有
滚烫的黑色液体汩汩流出
办公室里
不再为琢磨口味浪费时间

新来的人，加奶又加糖
后来，和那个美国老头一样
什么都不加。这里
我们不缺咖啡豆，而奶糖时常断货
我们选择一次性
改变口味，改变习惯
是多么方便和统一

一个下午

必定是初春时节
阳光从右前 45 度方向
照射进来。精准分割线
把身体斜切出黄金三角
眼皮半眯，光线滚烫
右侧身体和想法复活
徐徐上升
暖阳浮幻，世事安好
我差点以为自己发出光亮
另一半，黑着脸
向左拉伸，手脚下坠
终于一分为二
左右怒视，立场决绝
本是慵懒的下午
时而安于天命
时而阵阵隐痛

绿色植物

我必须善待它
在我办公桌上
一根青藤带着绿叶从邻桌爬过来

我相信适者生存的法则
让一株植物习惯办公室
比在大自然中更加生机盎然

但我总觉得它是个失去家园的孩子
健壮、阳光、笑得爽朗
却隐隐地让人不放心
仿佛随时要面对
巨大的哀伤

眼 镜

那年我得到第一副眼镜
梦寐已久，时尚的眼镜
我并不近视的双眼，酸胀很久才适应
从此看到的是扭曲后的天空

我再也无法脱离
摘下将会模糊一片
我适应了光学折射后的清晰
隔片厚度，逐年增加
一切美好是否真实
我的视野因为弯曲而清楚

我不确定，真实与虚幻的世界
哪一个离我更近
也许它们原本就是完整的重合
现在，更多时候我卸下所有
不再聚焦任何事物
一切便显得不那么重要

刀 刃

城墙风化是慢工程
风力摧残，雷电鞭笞
某日轰然倒塌
废址上爬满青苔

今日的人站在废墟上
指点谈笑，脚踢碎片
那飞起的残器抛出光刃
在不知者身上，砍出一道黑影
他浑然不觉

另一种可能

一个人握老虎钳，想要剪断高压线
瞬间，他化为乌有

发生了什么，没人知道
不可能疏忽
电流的乖僻与温柔
他已知晓三十年

有人说，他触摸了真理乍现的入口
一些反常现象
才是真实法则呈现

他见证却没机会说出
一次真理擦肩
那些没被带走的人，保持着沉默

山顶飘满许愿带

一棵树系上一个心愿
就沉重了
它低下头
试图又无力解决问题

一棵树系满红飘带
就更低了
那么多心愿在身上牢系
长满人世负重

一片树林系满红飘带
红色方阵灌进风的鼓舞
越来越大的风
在林间饱含力量

许多山顶挂满红飘带
那些无人解读的愿语
在风雪里闪动金光
让世界高处布满箴言

推销员

傍晚在城边游走
保健品推销员向我挥手
那些我不相信的事物
存在多年，对于生活
她们比我有信念

未曾关闭过的门店
鲜花摆布愈发鲜艳
时间证明了，存在的多样性
可以穿越常识
呈现这世界的宽容

很多次，我在黄昏下疲惫
想要停止思考，走近她们
然后一路跟随
可以见到现实以外的白光

奔 跑

我已不再习惯雨中逆行
暴风雨中的飞沙走石如此恐怖
大风抢起石头狂躁不安
那些遮蔽物后的人们满怀庆幸

许多年前我的身体有过一样疼痛
那时另一种风暴潜伏在我体内
刺眼的强光从天边抛来
在我身上打出金黄色印记

为何我曾愉悦地体验过那样场景
而今跌跌撞撞在模糊的方向里
那么多快要折断的树干
那么多直击在周边的雷电
让我奔跑在大雨中不断忏悔
并试图解释些什么

一片存在过的世界

仿佛再次到来
把吹散零落的遗物捡拾
感受枯草终于等至来人
哗啦啦地欢唱
时间解冻，天地荒芜中擦拭蒙尘
于无人世界
比拔掉一根触摸记忆的刺更需慈悲
秋风中，刀刃飞旋
继续站在高地存在危险
被吹向深处，还是继续站立
满身伤疤，被雕刻成
无法离开的一部分
是一念间的事

那些回来看望的人

一棵树，生长百年
也许仍是种子内原始图谱
持续放大的过程，生长
诠释着，体内螺旋基因走向

长成什么规模
取决于种心内，暗藏的饱满力度

面对一片树林，我们常常无法分辨
对于一棵树，却轻易记下，彼此形体
和盘升变换的枝条

总有一次相互无法找回
是离开的人，再没回来

向 北

前行一程，空气稀薄一分
云向下靠近一步

可我越被抬高
天空越远去

来时的原点也越来越远
如果它消失，我将无所依从

若此生已行至此处
远眺与回望
都倍感茫然

年 底

办公桌上
文档纷繁杂沓
不走进备忘录，年后就模糊了

短暂几日，恍忽隔世之感
旧伤痕隐隐作痛
许多人离开后，会有一场雪
缓慢而沉重降临，压住世间草木
在最后节点清算
告别之人
能否带着原有温度回归

节前，数日灰暗
冷冻起流畅脉络
伴作万物僵滞
然后东风送暖，天地复苏
重新开启下一个春秋

崖前枯根

秋风起
被痛苦，被岁月
揉捻成漩涡的树根荡漾一下
裂口处翻出的年轮
盘绕起伏

沙尘顺着纹理扭结成疤
日复一日，消融成琥珀
木质与石头在体内搅拌翻滚
沉疴拱到体外呼吸

融入钙质的根越来越硬
硬化成石
在悬崖边切割风，切割时光
不再动一动

树根下的道路在某一天变宽
黄昏投射的光影里
车水马龙迢递而来

在陌生城市广场

陌生之地一切都是敏感的
黄昏时分
建筑物阴影匍匐而来
沉重感压迫而下
商场拐角处
许多彩色姑娘雀跃飞舞
明快与空荡交替转换

在这里停留
容易沦陷在变冷光线里
灯火一齐点亮，瞬间
人们影子缤纷凌乱
广场中心，高台
是此刻风暴之眼
人群朝那里涌动又离去
像是将人在那里
与另一个城市做着交换

空笔芯

一柱笔的夜色
在二维白纸上铺展
万千气象就此喷涌而出

层层叠叠的页面，翻卷
一个又一个，恣意挥洒的世界
空笔芯躺在桌角边缘
虚弱成一节喉管

最难收的一笔
是此生与彼岸间
总有一句话，没说完

一 人

地铁车厢满载人群
那一站，只有一人下车
风泄进大堂
在拥挤间，找出缝隙
跟随他背后

下车人行走缓慢
似乎想多停留一会儿
一个无人送行无人接站的背影
天地孤独

尽管这是很多人离开的模样
此刻显得那么孤立
如果他回头，我会屏住呼吸
像望着自己最孤单的部分走出身体
站在人群对立面

一场大雪，穿越季节

抵达下一个春天
要经过这条漫长的街

迈开脚步
街的这头大雪开始飘降
街的那头
我十年前丢失的影子
慢慢摇晃站立起来

大雪呼唤记忆
记忆的灯笼挂满这个城市
一条街穿行着一个城市的疼痛
一份疼痛因寒冷的触摸而清晰
那年大火，那年大雪
走过这条街时我便想起
那个被大火烧焦的男人
在大雪交加中失去力气
——那年我与许多人一起刚好经过

一切与我无关
我只是经过
十年后的大雪

再次飘扬在整条街上空
我想这预示了一个开始
我总是需要这样的方式
忘掉与我无关的一些什么

辑二 青春传说

迎 春

迎春花一开
我就对整个春天过敏了

莫名的伤心事
让我流尽了一年的眼泪

星 星

许多年前，你告诉我
这样的夜晚
是天空在洗涤星月的光辉
是安静的雨滴
变成了奔跑的孩子
把天空与大地间
连接了一根根金属的光线

这样的夜晚，不知不觉地
雨水挂满窗前
时间像逆流的潮水
从脚下漫过记忆的子午线

这样的夜晚，我又想起
那时月亮是怎样映着你的模样
出现在我的天空
而我只顾低头数着星星
然后把它们镶嵌在固定的位置上
却一不小心
成了我们此生的刻度

青 春

十九岁那年的一天
我在城郊空旷处独坐
天空湛蓝，云丝稀薄

我抹去毫无来由的泪水
心事苍茫
竟日一动不动
以为再也无法与世界达成和解
以为就此洞悉人生

不断有路人经过
晚风反复推搡我
固执地与时光对峙
任凭雾水打湿身体，坐穿黑夜
子时过后，寒潮来袭
我收紧衣服，节节败退
最终一头扎回温暖房间
大睡不起

时至今日，每次醒来
都感觉自己夜里在清凉的夜露下
沉沉地坐过

野 草

城西的旷地堆起碎石
起伏得像一座山脉
像一座山被炸碎
又堆在原来的地方

我听到过风吹时的呜咽声
那些碎了的石头，除了这时
从不把疼痛叫出来

在一个闪电的雨夜过后
石缝间多了些黄土
再后来黄土上长满野草
我叫不上野草的名字
也再没听到过石缝的呜咽
那些野草疯长
像是要冲下石堆把整个旷地占据

现在占领这里的是楼房建筑
那片野草生长的故事
与碎石、黄土一起
被封存在楼体下
成了我和一些人的家园

现在我们代替野草生长
并在一次次闪电交加的夜晚
代替野草把雷电接入大地

在桥的上面，在树的顶端

那时我还不知道死亡是什么
这座桥下横着的水以前时浊时清
河底的鱼虾诱杀了我的伙伴
许多年我不敢看河水里的影子

失去对桥的关注是后来的事
现在桥依旧在，桥下长满白杨
在我不经意的二十年里
河水悄然无息消退，树木却葳蕤异常

现在这些树已将河道占领
它们的翠绿超越了桥面高度
风吹过时，一些枝叶会碰到我的脸
让我想起当年的流水

当年的流水，也像这绿一样
有过轻柔的怀抱吗
没有改变的似乎只有河道
它用固定的形状规范着身体内的事物
让它们顺势而来，扬长而去
从不在意翠绿与流水的关系
也不在意我如今已是
从桥下站到了桥上

裂开的青春

是裂开，还是被撕开
反正一个孩子接着一个孩子
跳出来
他们奔跑着，尖锐地欢叫
然后渐渐模糊地老去

那里曾是我和伙伴们的天堂
我们在里面游戏、打闹
回响震动得老树摇晃
可是当我们离开时
每个人只能留下一道痕迹

这颗树如今依然在我外祖母家的门外
树身干空，树冠丰厚
满身坚硬的血管
全部潜伏在粗壮的表皮下
如果数得清里面的疤痕
应该与跳进过的孩子一样多

离开多年
当我再次触摸坚冷的树身
回想起外祖母"不许靠近"的叮咛

我忽然明白
为何当年外祖父一直站立在树前
却没有勇气跳到树洞中
看望一眼当年的伙伴

静电反应

我曾经常常恐惧于去打开一扇门
一扇窗
恐惧于上面的铁锁、铁柄
恐惧于伸手触及的一刹那
会有积蓄已久的
几十万伏的高压静电
在瞬间以惊人的暴力将我狠击

生活里
为了多少理由
让我一定要去打开一些门
一些窗
一次次的不得已伸手
一次次接受不得已的伤击

现在，我在多少次伤击下长大
我的幼小脆弱的脉搏
不再轻易慌乱
不再慌乱得每当面对一扇门
一些窗
引起一阵心悸

冬泳未遂

那时我多大呢
只记得河面夏季宽阔
冬天就会萎缩出很多水坑
那年春节我们脱光衣服在水边推搡
不惧怕冰水扎进骨头
不知谁听说过冬泳想要试一试
大概七八个人吧
在风中吹了个身体通红
最后还是以没人带头而收场
这让如今不再年轻的我们
不再有尝试的可能
许多年后，我们相聚过一次
我一直等待，但没人提起这个话题
仿佛这只是我一个人的烙印
但它是那么鲜活地存在
甚至我曾梦见多年后
有人拍着他的老寒腿
指责我说
都是你带头啊
这落下一辈子的毛病

门 前

有些记忆会一直呼唤
根植于幼年的村庄很近却很少回来
那时我跟随家人忙于离开
学习、工作，娶妻生子
生活有关的一切
在另一个场景中进行
而这里散落着没有抽芽的种子

其实我早已失去在村间行走的能力
胡同深处
隐藏着家狗的眼睛让我不安
村间狭窄依旧
长高的房屋高于我的记忆
我站在旧门前有宗族邻里亲切寒暄
稍后又陷入沉默
这些常常让我觉得重要的地方
来到后其实无所事事

对 岸

村南是塌下去的黄土盆地
往南不再高起
我在村北长到七岁
才敢爬下
向南走进五千米杨树林
在那里踩碎无数蝉壳
三年后向南挺进，抵达洵河
这就是年少止步尽头
对岸桃花缤纷
有人望见同校姐姐，转眼即逝
有人跃入河中游泳
但没见游过岸
我们嬉笑悲欢
和对这个世界的想象
从斜阳光线下一次次折回
现在我从城南宽阔大路经过
日复一日，望见路北土坡上的桃林
忽然想到那就是曾经囊括了桃花、流水
树林、黄土坎和我幼年村庄的边界
它看上去那么小
小得难以装下我曾经望着的世界
但它保存着我从未穿越的地方
未知而坚硬

左 手

我常幻想自己是个左撇子，
我的左手常常让我感到意外
在危险的街上
在跌倒的一瞬间
它总是第一个做出反应

记忆里我骑着自行车上学
玩耍时我可以用左手掌握平衡
有次我用它和别人打闹
右手把持方向，结果跌得很重

后来我试着改变习惯
吃饭、打球、握鼠标
我尝试用左手完成这些细节
可是我失败了
这个问题我令我思考不清

长大后，父亲从远方回来
我吃惊地看到他竟是用左手
完成一切
这让我更加坚定我也本该如此
只是我的左手没有成长的环境

那天夜里，我装作睡去
我看到我的左手在悄悄悸动

恩 典

那年我十八岁
偷开出家里的车一路狂奔
立春细雨下小路温润光泽
三个修路工人慵懒闲适

突然他们一阵惊慌四处逃窜
一个人就地翻滚，另外两个跳进水池
我的车左右打转失去方向
绝望的一刻我想起许多誓言
我想逃过这一劫我将——

我撞在一根电线杆上
车体内凹，给我留下刚够存活的空间
我踉跄下来给朋友打电话
他们说：别逗了，那么严重你还能说话？
我听见自己"轰——"地倒下

现在经过这里
电线杆伤处，车漆依旧在
这么多年，它像一张腥红的嘴
常常伸进我的梦里
现在我却像遇到一位老朋友
摸摸它
像是曾经承蒙过一种恩典

抽　屉

打开抽屉我惊讶于它们的隐忍
断裂的钥匙，钻在角落的螺丝
还有许多小硬物
每次整理都会留下些该丢弃
又担心会用到的东西
就这样扔进最里面，让暗处吞噬
堆砌感向外生长
就这样忘记存在过的是什么
太挤了看一眼
再丢进新的不确定
若不小心砸到旧日伤疤
还是会疼一下
直到哪天彻底确认无意义扔掉
或是拿出来
不小心成最珍贵的宝贝

生 长

在废弃墙角
几粒种子没有听从季节安排
发芽
试着生长，有些凉

互相看看，好像没错
继续生长

转角的阳光向它们弯了弯
互相搀扶，更加确定

传 说

在草原上成为一个传说
是件很容易的事

我只需要在一个适当的年代出生
然后在狼群和游牧人间
选好一个角色

我需要马背后的女人足够美艳
而我的对手足够凶狠
我需要在群星观战的夜幕下
再赢得一个女人和一片草地

为此我将丢弃此生所学
回归懵懂
日日只识刀枪箭马
大口饮酒，大块吃肉
不需知晓关于健康的警示
然后找个机会轰然倒下

树抱石

一棵梨树的伤口在童年根部
略高于地表
石似撞击而来，深刻嵌入
树的横截面，尚存三分之一气息

树心扭转了方向，表皮翻裹
消解伤痛需要一生时间
绕过石块
树径依然向上，通往苍穹

枝繁叶茂，树荫淹没脚下光线
夹裹石块的地方
缺口越来越大
年轮越来越倾斜

年 轮

要在很久后
才懂得分离意义
才知道轻易拥有过的幸福
是多么奢侈
回望让你等待的那些漫长黑夜
透明得怕要融化
不觉中，后来日子已多于过去
可我偶然回望
还是一眼看到那时重心
层层荡漾，反复扩大成今天
太多过往消散
也无想要再把握的可能
只是它们在原本位置愈出疤结
映出一圈圈年轮
挥之不去
又微弱地淡化着曾经模样
尝试消融的可能

刺

一根刺在体内折断
轰鸣声只有自己知道
一根刺想冲出囚禁
断裂前的愤怒，断裂后的尖锐
矫正偏离泛起的
红色警戒线
比牵制身体的弯曲
干脆
在肌理间游走，喘息，无所事事
才明白
自己也是一枚骨骼
最纤细，最无常理的那一枚

如期而来

雪很大
行人和雪带着速度倾斜
我想拍下街口壮观景象
手机里却一片安静
刚刚在地下餐厅
我们揶揄离谱的天气预报
——预警,车辆谨慎出行
从一早就看不出下雪可能
只一转瞬,大楼外面
整个世界都在狂欢
车流慢下,嘀声四起
正对的教堂迅速镀满白银
十七楼内她们或许还在质疑
还没有向外看一看
这如期的雪,一点准备都不需要
就开始了

夜 半

很多年没有无法入睡
一些片段静静回放
那颗星星什么时候隐秘起来
存在过的人
在我的世界已忽视多年
恍然梦醒，往事逆风相撞
一切突然不安
荒夜深处，膨胀着无数可能
一些选择如果重新排练
是否有更想要的结局
我看着一个位置
曾有一颗星，在那里守候多年
如今不知去向
一定有很多次，她重复着回来
又失望离开

人间温度

我猜她的背至少驼了三十年
否则不可能那么弯
风吹不坏她，风也懒得吹她
风也不能把她吹得更弯

第一次遇见她是在迷路夜晚
我找不到新搬的家
她出现在黑暗中我一阵惊叫
我害怕她如果抬起头
会把我带去另一个世界

后来她一直行走在我上学路上
以一种缓慢而平稳节奏移动
像一直不改变的老乌龟
直到有天，她真的累了
坐在马路上喘气时抬头朝我一笑
那一刻
一道阳光照耀而来

你的世界

你微笑着与我相遇
不必想经历什么
就知道你已幸福
没有留意你身边人模样
那是你的世界

你从那里向我投过一丝光芒
那么不经意

叶 子

叶子蜷过冬季
枝脉神经扯成风中飞絮
寒光纤细

上个秋天，天地金黄中
总有不肯离去的叶片
风霜侵染，病体斑驳，悬挂枝头

直待暖风徐来，才轻轻松手
无暇等候意义
旋视天地间，还有诸多同类
并不孤独

池 边

1
池中残存几分脂粉气
枯干莲蓬错落其间
不和谐色调，包裹着残干
生命最终形态，在风中抖动
池塘另一边
更多灵魂遁向高空
它们纵向摆动
上演着同一物种与天空深处对抗
这时，友人提起额济纳胡杨林
那苍茫物种方阵
加入其中
更像我们的归宿

2
沿着池边踱步
草绿色青蛙依次跳入塘中
溅起一片声响
如音符拍打水面
稍顷复归平静
我环绕行走，在一支名曲里
构思佳作

路的琴弦支撑我
在秋日晴空下
徜徉于万世轮回的浮泛光影
直至所有声音戛然消隐
我慌忙止步

默 许

为让怀念的蘑菇
再次丛生，我念念不忘
进入双乳山寻找

山野空寂处，几株菌伞
散发我幼时熟悉气味
端庄静候
我却驻足不前，惧怕游蛇窜起

有什么办法，让学会警惕的中年人
卸下防御习惯，简单重温
过往场景呢

鼓足勇气，却真的看到蛇
它着赤黄外衣，闭目于石缝间
没有惊起，似默许我
绕路而行

错 位

洄河从村东进入
被树林分成两条，在村西复合成一体
我们把近的称作小河
远的叫大河

没有河蚌，没有鱼虾
小河早年只有妇人洗衣服
小河从未淹没过人的呼喊

大河日夜奔涌，水刺骨
浪花急，这路水跑得更快
大小河交抱时，水流早已互不相识

走空的河岸，野花繁衍数年
走失的人群，偶尔如几粒水
在遥远处相遇，说起两条河
和这么多年的错位

途中互望

在异乡，两辆同向行驶的客车上
我们隔空互望。中年之沉静
让彼此没有回避直视目光
旅途中，无法保持笔直的
墨绿衬衣
好似我曾最喜欢的那一件
不觉遗落很久，再没找出来
我乘坐的车辆越过他
稍后他又超过我
几次反复后，我们在同一景观处下车
在狭窄路口，互相礼让
但未直视
彼此合并于人流中

过往之情

往事中人，常以另一身份出现
时光未改的面容，深蕴着
隔世重逢的感慨
转身轮廓，也刚好符合
风雨中携手过的背影

常以这样方式，对陌生人
热泪翻涌
模糊远去的人，偶尔闪现而来

隐密的亲近感，有时得到
默契回应，过往之情
在瞬间移植到另一个人身上
总是存在可能

古采石场

她站在五百年前切割好的巨型石材边缘
随身一跳
变回马尾辫小女孩，自在奔跑，隐现山野间
若停留太久，会有危险
被吸附成风化图案

整个下午，我拉住她
与时间角力

干草垛

——2019 年 5 月 14 日，《干草堆》以 1.107 亿美元拍出。

朝晖家的干草垛
把我们的童年提前结束
那滔天火光，成为离别冬日
最浓艳的一笔

操场上、河套边、树林里
农场一带，干燥物超过 25 堆
夜里常传爆裂之音
但没人再敢点燃

拒绝干燥的麦管儿
在发霉雨天，有了潮湿味道
湿与干的转换中
风吹走越来越多碎尘

干草垛崩塌，再见夕阳壮美
与宁静草垛和谐为一体
我们已无需讶异
它来自更久远的时空
在流转中暗生笑意

山上的树

为了忠于天空
它们垂直生长

脚趾在坡土下
需要弯曲很久
才能与地面达成一致

辑三　印记与消匿

荒 园

荒园扔弃很久
钥匙遗忘后，我偶尔想起
荒草锁在里面

那风暴抽打声
我一直假装听不见

坍塌的遗迹

埋在里面的气息不会太远
有无数可能，让原住者
从荒野离开

留在这里太不协调
风吹万物，每次经过
还要多发出一种声音
引起许多不安

在天际线边缘居高存在
——存在于多个视角的重心
它坍塌时，每个画面
都应该曾经轰然一动

我们悄悄离去的声息
可以忽略不计

在所有痕迹消失前

认清一条河的年龄
只需在风干后的河套里
捡起一枚绘有记忆的石头
看看粗陋笔法下
绘制怎样一个抽象女人
或是一个晦涩难解的符号
如果所有石头只有一种颜色
这里一定缺少过真正的大河
或是河流过于衰老
尽管它曾全力奔涌
仍无力在掌控的汹涌内
把握一朵凝固的浪花
整个下午，我逆河寻溯
在所有痕迹消失前
我要找到并打开
那封闭已久的源头

我们的关系

在我的电话簿里
同事被分成两组
一组人还在，另一组代表离开
仅有几位成为朋友
或许，不久也将只剩名字
无声失联

我们被不停拆散、投递
重新打包
匆匆消失于彼此的视线
想拉住任何一位问一下
你可曾想过
我们何时再次相遇

印 记

深棕色的印记在阳光下闪闪发光
我曾将它视为一片黑暗
深藏于留长的发丛里
现在它竟然不再丑陋
就像心怀大海的人静默于人群中般安静
多年来
我常在如水的月夜感受
它似铁的标记隐隐作痛
我曾习惯在人前
将头的重量偏向另一侧
试图让一些事物模糊它
遮蔽我与生不安的卑微
但在那一面阴影里
它始终闪烁锈光
我从最初的局促
看到人们投来的眼神愈加分散
像是从未有人注意过我所在意的一切
我用了很多年，才可以像它一样
抵达可以共同依存而相忘的境界
这也让我越来越多次看到
很多人都有从体内渗出锈迹的出口
我们各自在人群中辉映那温红的光泽
是原本存在的事

高压线

走过楼后麦地
就会望见蓝天下的高压线
从这片田地盖好高楼
它们就把能源送进社区
十多年了，还是显得那么不和谐

它们在冬季蜷缩
夏季里变得臃长
那些肆意的燕雀踩在上面不知危险
我担心某个月亮藏起的夜晚
原本平行的定律
会突然起来抽响暴怒一鞭

现在，它们年复一年地老化
像是越来越硬，又像越来越无力
不知能否坚持到这片小区被改造
还是某天被有分量的脚一蹬
变成两条轻飘飘的风筝线

远 行

流云在头顶描画着变幻莫测的画页
稳定车速是一个人静止的修行

谁的命运如江水流动
路碑指引前世今生
一路触摸古镇典籍史迹
无法在岔道口离开
哪些风景，冥冥之中不可错过
又无缘进入

路的远方
是我们来时的方向
这些路程将要穿越原野
穿过群山
就像我已在不知不觉中
跟随命运旋转
在舒张开阔的中原大地飞行

北方人

两个北方人
在茫茫大雪中
对着一壶热腾腾黄酒
大喝一声，干！
寒意顿消
低度液体沸腾了
也让人瘫软

这江南雪中，弥满栀子花香气
窗外流动水墨渔舟
我们胸中呼啸着燕山朔风
在小酒馆里
感觉如此与众不同
忽闻一声乡音飘过
四目相望
半晌不敢再吐狂言

问 题

那个老死不相往来的人
我在你的城市
在你对面、在我们绝望过
温暖过的窗口
一起注视过的方向
喝着一杯没有波澜的水
但是我保证，水中倒映着翻涌的天空

这些年，我们去向不同
现在回到原点
却不会相遇

晚起的借口

很多这样清晨
我的梦里还是黄昏
我的错觉还在那片天空飘荡
还听得到，海浪拍击誓言
铮铮发亮的回响
每个夜晚，埋藏一枚早起标签
每次失信约定
都有不必执着的倦意舒适
你擦拭阳光的方式
改变了一次伟大出行
那些地面上的微尘
都在毛茸茸发亮

轻 易

四线城市的府前大街
不太高的商业建筑
几辆豪车从拆违的警戒线穿出
烟尘腾出节日形状
你在站台前
沐春风等候，错觉的轮廓
让我注视良久

总有异样颜色
开出零度以下的花朵
我还是如此容易感动
还是会有
迅速爱上一个人的想往

夜过武汉

那晚光线反射，以为我一夜白头
雾气拥挤在窗外
对立世界里，人群行色匆匆
飞机落地，夜过武汉
驱车驶过长江大桥
休息中的城市，劳顿后的安歇
时光在雨中洗凉
贴行而过
江面灯火，凌晨略显温暖
欲寻许多典故，望模糊处
那黄鹤楼、户部巷、落梅轩
没来得及背诵一次熟稔诗文
就朝渐亮方向，扬长而去
又经过一座城市，未曾触碰
浮幻身后，我有足够机会回访
还能相遇多少
原地等待的人

荷 花

一直想有一池荷花
闲暇时看荷叶连波下面
棕红色的鱼群自在穿游
看大片花与叶覆盖在淤泥之上
月光把荷塘洒满成人间仙境
我会在一个人的夜晚
想象寒塘鹭影，冷寂在红楼梦里的荷池
会在两个人的晴天
看硕大荷叶，想象接天莲叶无穷碧的唐宋
花开出水时人们也叫它芙蓉
采莲归，绿水芙蓉衣的芙蓉
芙蓉落下，捧出繁星满座
饱满的莲子颗颗是我岁月安好的感念

若有这一池荷花
它将包藏我的日月光辉、诗歌雅乐
它将为我显现世间万象
使我守住方寸内的宁静

可是，这么多年了
我无数次流连
却没有真正为了一处荷花停留

他头顶盘旋一只乌鸦

他棕色头发像羽毛梳理过
旅途疲惫
深蓝眼睛里有海水般慵懒
译者送他上车就隔断了
他与这个世界的联络
后视镜里我们对望
如果有人先开口表达善意
将会引起混乱
从拥挤道路驶向天黑深处
他努力观察窗外，最终放弃抵抗
尽管一切如约进行着
在没有抵达目的地前
我确信他有些许不安
这时天空一只乌鸦盘旋鸣叫
他目光紧随
似乎更懂它的语言

问　候

经过多少这样城市
每到有水地方就会在河边走走
每条河盘踞不一样形状
却流淌相似过往
风吹水面，神情恍惚一下
裂纹就轻轻从水中割开
——这隐没又常出现的痕迹
亲爱的人，我们分离好久
我们都变得比从前更好
只是不能把现在拥有互相给予
在河边走走，似会与故人相遇
不感慨于失去
也不是对于失去感叹
只是停下来问候一句
然后忍住很多话
再次分离

在雾霾中行驶

清晨，从缝隙渗进悬浮颗粒
在你我之间徘徊
移开碰撞的目光
我们不约而同转视前方
在看不清远方的路上
缓慢前行

走失于激情相爱的时光
逐渐放弃了
原有交流方式
常常相视无语，各安心事

车外树木披满尘埃
那些污浊弥漫之物
冻结后附着在车窗上
我们看到，似都若有所言
却依然保持沉默

行驶在惯性中
共同的路还很长
直至那时，我们当中一人沉沉睡去
另一人会否停下
忆及此刻光景

观 茶

茶尖上卷藏的四月阳光
在白绒绒的烟雨里
旋转出旖旎气象
——这是我心里，你家乡的样子
它安静中流岚轻飘

杯中万物浮现
平静的气息，幻化水中流云
浩渺世界就此展开
像是你我无数次期待
在生命的途中相遇

在折叠的青叶下
杯中溪流奔涌
一如你讲的山中故乡
幽静又澄明

小区里

一团麻雀扎进绿化树
一个身影似曾熟悉
路过时，树的几十双眼盯向我
它们"呼"的蹿出
灰突突流窜，不停歇

每只这里出生的小鸟
都有快乐童年
它们啜饮大理石河池的水
在楼群风口搏击气流

那只飞跃滞后的
也许见过旷野外的森林
我无法忽视它的迟疑
它也偷窥着一个人的冷静

街边黄酒

今夜我在无数路上奔走
找寻那壶沸水温过的酒
店家何处，地图上寻遍支离叉路
一壶米香铺得满纸金黄
此生本无漂泊
醉卧那晚，恍然成故乡
那洒满湖中的黄、摇在壶中
不是女儿红的红、吴江的老
花雕的香……
我失忆的夜晚偏居在某条街边
杯中斟满，就掉进月亮
只是一摇便搅碎
那晚我尝到月光
我以为咽下苍凉
却翻滚出绵长的温柔
酒是暖的，暖得全身苏醒
夜风割开我的酒量
整条街上，只有我醉着
我呕出半生清醒
在人群喧哗里自顾说着秘密
却忘记内容
我去得随意，离时已醉
至今无法找寻那偶然拥有的满足
眩晕犹在

波 澜

经过那扇门前
你早已不在这里
不能走进曾经熟悉的地方
也不去打搅熟悉过的人
我们多么容易就忘了过去
想起时，早已经过很多年
每条记忆都向身体扎根
盘综错节，拔出如未枯萎
必定鲜血淋漓
路到尽头忍不住回望
没有遇见
转身再走忘掉
脚步随着一汪水的节奏摇摆
只是经过，不要再起波澜

白 河

你让我如此沉默
在明月浩瀚下独自乘舟对天仰望
想到李白在这样的夜晚醉落河中
他就那么躲进千年故事里不肯出来
让我在这条不相关的河上
显得危险而勇敢
多少英雄在此厉兵秣马、封王拜将
如今登基台上，仍有两千年春风拂过
我确定光武帝起兵前一晚
这满满月光
全是东汉豪杰们，沉甸甸的英雄梦
现在群雄沉默
马蹄夯实的土地上
钢筋水泥高层建筑茁壮生长
淯阳桥彩虹下，有美丽红衣女子向我张望
这时我与白河拒绝月光的温柔
河水摇晃
把我摇荡在大河慈悲的波心
此刻，我的家乡正在消失一条河
她曾以母亲身份，在我幼年静静流淌
现在白河与它一样安详而严肃
河风掠过一个人的过往

带走一座城市的风尘

这么多年

张衡路上，张衡研究他的地震仪

百里奚路口

华发老人静静等候生命之际的最后光亮

此刻医圣张仲景，在仲景桥构思《伤寒杂病论》

诸葛先生在寂寞武侯祠

细数主公、天下、社稷

安详的淯水，怀抱南阳的夜晚

平静水面下

从来都旋转着大江大河的基因

丹江水库

夕阳落幕
群山隐退，你便成了海

曾在许多海岸线上看潮起日落
从未感觉消失的光线如此柔软

一位姑娘带我来到你身边
她清澈体内
自幼流转着你的江河水脉
为了等我初次到来

大船在帷幕下冲开波浪
丹江与汉水，在湖底交抱得
至死不渝
我也想要抱着你
在湖底传来的三千年编钟音律里摇荡
我想抱着你
徜徉在丹阳昔日繁华中
在香严寺千年香火前
回到初次看海的惊喜
感动于淅川浓艳流云

看过更广阔的海
仍为你心中波涛翻涌
你就是我此刻心中所依
顿悟的一粒江水
这时伏牛山含着眼泪
一颗明珠舒张收缩
跳动成我温热的脉搏

渡

忽然停下来，依云而望

望一耸山峰刺痛天空
水流的速度因此而改变
望无涯的时间的潮汐
在壁上拍起层层翠绿
一条山脉弯曲着过去、现在
奔向模糊的未来

这一刻，我们是偎在岸上
两粒小小的石子
小小的，足以让世界
忘记对我们伤害
我们讨论着天与地
自身与存在
这时山脉警惕地合拢
准备随时封锁住我们要说出的秘密
于是我们沉默，不顾一切地拥抱
交织的力量让整个世界旋起来

我们想象久远
当时间，重新拉断山脉的曲线

我们被抛起成两个顶点
迎风而碎
看那巨大的天空
必将写满我们用身体留下的象形符号
而后一些神秘的事物
将吹拂我们抵达未来

一对相爱的树

爱久了
爱得千疮百孔
千疮百孔里有雷电击出的弹孔
有虫洞，有虫洞发出的呜咽
也有不懂爱情的少年
砸进钢钉，滚出琥珀的黄金

这对相互搀扶的情人
彼此陪伴一千多年
我们感叹爱情伟大，是啊
爱意绵远，需要时间

可他们若原本就是不爱的一对呢
也在一起
牢牢地守在一起
在古寺清音里一起隐忍
相互支撑，年年结出果实
永恒地，相互陪伴

卢村有三种鱼

邻近寺院,春暖花开
每过几天就有一车虹鳟鱼
运来卢村。有的在临时水池客栈
闲游几日,有的刚落水
便被选走
"客官请看,活的——"
月色微咸,腥气迷离

寺院门票,五十一张
金鱼在竹影里徜徉
红螺寺的梵音,飘渺缭绕
许愿池微微波动
鱼在池中点化
是早晚的事

红螺寺在北,芦村在南
去向三角形的另一端
会落入红螺湖
那里有另一些鱼
说着卢村的土语
不悲伤,也不神圣
我却望而生畏

竹影红螺寺

把一根站立的竹子
劈开一道月色
自上而下，左右对称
精准无误，刃过无痕

挥起的圆，应该沾满禅意
佛不显身，就看看第二根
或转向，第十根

低处的门，高处的门
半山的门，一路春风驰荡
草软花香，春天里
院门深锁

为何拜向幽幽空谷
胸前已有佛，蒙恩半生
这里每根竹子
都需承受，一道剑气

隔夜茶

一杯茶，从半夜
握至凌晨

无规则啜饮
味道不显改变
也无暇观望，杯中青草
何时枯黄

没有睡去。眼睁睁看着
不曾改变的一切，称做"恍若隔日"？
没有放手的陪伴，再看已成隔夜
再饮已是禁忌

古 镇

看自己姓氏悬于百年老店
忽生敬畏

招牌斑驳，彩旗漫卷
匾字边缘向外弥漫锈迹

被呼喊的姓名，回声飘荡半空
需要重新审视自己
以何种方式与眼前呼应
以及一切
是否曾有关联

离 别

你要走了
带好单行车票
确定归期
还是让人想到失去
你说之后的相聚会很期待啊
在你眼中，这世界是和蔼的

我也有一张单程车票
不知是谁塞给我的
它躺在我口袋里坚硬而锋利
我还没有看清它的日期
一直心事重重

一只蜘蛛

一只蜘蛛被高速带走
它不认识拖拽它的物体是什么
只知牢牢抓紧，像在驾驭
又担心随时被甩开

蜘蛛由一根线牵扯飞奔
晕眩着，被自己编织的网罩住
大风吹乱漫天花絮
要精心织一张婚床的下午
为何变得这般轻飘

沿途一路风景
动荡模糊得无法欣赏
家园越来越远
前方，高楼林立的阴影
扑面而来

回 奔

我在这里停下
卸下半生包袱
就这样忘记来路
和身上弥留味道
不再回去，该有多轻松
用尽余生不停开始
不断放下
日子久了换个地方
心情够了，继续随遇而安
我要成为不同的我
在每个城市变幻一种身份
只作生存用，离开就忘掉
我在每个经过地方
爱上一位姑娘，但不告诉她
余生只有爱意没有伤痕
可是，我会害怕
当某个黄昏，蓦然望见家的方向
或遇见某个似曾相识的你
我会一路大哭，连夜回奔
却赶不上背过去的时光

心 事

我让胡须乱长
看看自己多粗犷
我保留满面灰尘的样子，让你无法认出
让你懂得真的离开了
就算回来也不再熟悉
我把行程走到荒凉极地
在戈壁边界捡回黑色石头
让你看看我心中早已风化坚硬
可你笑了，轻声问我
是否曾在有水的城镇停留
是否每一座城市
都藏着我们拉手的夜晚
是否一路不敢走进人群
怕遇见更好的你，便不再回来
你为我擦拭，尘世静好
我用尽此生悲凉
在你面前
像个被猜透心事的孩子

旅 行

她困意绵绵的双眼
像渐晚的天色合拢

从黑夜出发
沿着导航寻找传说圣地
会是许多年后
我们多么疯狂的记忆

陌生的山路
像夜晚一样浓重、柔和
我们单手紧扣
一种安全感让她酣声渐起
那些山峰
也不再危险地移动

道路上明黄的反光线
把我们分割
我在这侧，想把一次旅行
篆刻在她此生的记忆里
而她在意的
只是在我身边一路睡去

天台山

降温的天台山
云雾把每种颜色沁透
几尺方大牡丹园内，香严法师青衣素布
在暴雨前，采撷大红的、粉红的
纯白的花瓣

长笛、双簧管、低音大提琴
身背管弦乐器的佛门女子弟们
与我擦肩，她们说笑的余音
让我有猜测其中一位年龄的想法

已放下的牵挂，是否仍在牵挂
只是换了慈悲
隔离在外的往事，是否仍在继续
山中一切尽显空明

——"回首依然望见故乡月亮"
谁的手机，铃音突起
并不违和

一粒种子在心里发芽

谁能劝住自己
心情早成起伏波浪
在体内寻找出口
血液遵从潮汐的呼唤
翻涌冲撞

一粒种子进入身体
在我的河流游走
不安，好奇，失常
最终停驻心房
短暂安静，被躁动不宁打破
咬开坚壳，恣意舒张
伸展嫩芽弱须触摸我的痒
神经绷紧

我知道，它会一直存在下去
繁衍，传播
融入血液沿着体内沟渠
在我终归宁静的心田
抵达荒芜角落
我的每一次心跳
都带给它鼓舞

像是与生俱来的主宰
将我抓牢

电 梯

为了各自目的
我们临时挤在一起
上上下下，聚聚散散
如果电梯故障
我们就是生死兄弟
更多时候
为了避免紧盯对方的脸
我们平静而茫然地眺望
看不到的远方

早来一步，人已超载
晚来一步，门刚关上
有时等得焦急
有时正巧赶上
不变的是一张张平静的脸
没有微笑
没有拒绝

水

经过不同的地方
我就饮一口当地的水
有的冰凉彻骨
有时满嘴泥沙
我端着容器时刻小心那些暗涌之力
常常无法驾驭
后来我将水煮沸
从海拔低处一路上升
沸点下降，蒸腾时间越来越长
最后我在高原空旷处停止行走
直接摘下白云吞咽
从此轻易吐出每条河流的名字

停 靠

在夜半停留
霓虹中街道温暖干净
通宵色彩转动
从不拒绝陌生身体靠拢

这世上每个地方
都有一个影子在地面等待
偶然一刻
与到来身体垂直连接

陌生的城镇中区
夜的气息四面扑来
灯火旋转后分离
一个人四周可以浮幻很多光影

在夜色里重现的每次停留
都有改变命运的可能
每次离开拉出撕扯的痛
街头空荡，最终没有我的痕迹

隔壁灯火

我们常到隔壁城市走走
从川流白日
跳进夜幕早临夜晚
那里无人相认，我们隐入夜色
相望寻找时
双双卷进人海

你来去有着不一样颜色
去时顺从而略有疲倦
回来脸上映一盏灯火
让人琢磨不定

停车场

又一次忘记位置
徒劳往返于多层迷宫
每当此时，就像人潮人海中
找寻丢失的人那样焦急
迷茫而无助
好几次我停下来
就像幼年走失时坐在路边
一些片段毫无关联涌现脑际
过往的温暖，微微发光

离开停车场
关闭了所有回忆想念
仿佛从未抵达
只是不小心，随手碰了一下
回放的开关

缺　席

藏边山脚下没有萤火虫飘飞
叫喊无回声，灯火全熄
网络失联，黑色覆盖

我们身体微弱地发光
幻想黑暗下该有潜行动物出没
它们眼中，我们是游走的温热

整晚，我对月静待
没有咬噬者，没有草原上的长嗥
大地上万物各安其分

天地空寂
心生无边怅惘

雨滴穿过脊背

雨天，沿任何一条线行走
都有水滴自高空直下
让后背突显凉意

屋檐下、林阴道
暗藏无数发射点
有些虚晃一招，打在无关紧要处
荡漾成一片水花

千万滴中
总有一粒，挟带杀伤力
冰寒入骨，准确击入穴位
以一枚钢针的尖利
让我对悬在高处的水滴
保持终身警惕

声 音

我曾将斧头砍进那棵树
拔出时，它张开嘴
持续叫喊
怀着仇恨
后来我适应了耳鸣
忽视这声音，也忘记疤痕样子
我的记忆不再鲜活
它的伤口不再锋利

现在的街边、郊外、丛林间
镶刻着许多相似形状
它们缄默对望
风涌时，并不发出哀嚎

石 像

把你从石头里剥出的人
挖出你的肌肉，你的隐私
没挖出骨头
使你怀疑，"人"的灵气
能否在你身上复活
摸不出支柱
沉甸甸的实质，也是一种空虚
你知道，如果身体挺立
剥蚀会从外向内
一层层，掰开硬骨
逼你返还双倍锋利
还有一种坍塌来自体内
躯壳向内收缩
没有抵抗，泯灭得
不剩一粒尘埃

造 物

把死树锯倒
或从山脚挖出根
把它们晒干
剜刻打磨
用一棵树，分娩一个森林
以及森林以上飞鸟，以下江河
还有抽筋断骨的疼
释放纹理间繁多生命
一切都是造物主乐趣
但有时会掰断一些身体
掰掉的那些头颅，无法闭眼
常在人群中
显出相似的脸

石头与野花

细小极致的紫花
在风中抖动
俯身观看，有浓艳光芒

石头堆积形状，有神的暗示
花在其间静静微笑
并不显示它经历过的
践踏与忧伤

无数次暴雨，打烂的芬芳
印入石头躯体，另一些死在脚下
石头面无表情，不论多久
都会看到重新长出的微笑

静 态

一棵树被抚出春风线条
完美时已是夏季
我们在风中站立很久
被雕琢催长，改变模样
最后告别奄奄一息的秋风
以为季节不停轮回
再到来的，已是另一次风景
回首过往
离开的事物在远方成静态
只剩自己在这一端
行走在整个世界
是多么孤独

羞愧感

一个人在河边换衣
然后端庄离去，我也曾在水里脱下
那件豁开口子的短裤
抛出一个人字形
它漂了下，没有反抗
远去
如果风声算是一种嚎叫
那时河岸鼓满了悲鸣
如果我潜入水中窥探
它趴在水面，对着河底
该是汩汩地流出了
委屈的眼泪吧
那时我多么疯狂地嗤笑
像是嘲笑一个出丑的人
甚至，河流干涸后的数年
我还想象过，它挂在沙土没半的枝条上
逆来顺受地，微微颤动
我一直不明白
那种柔弱，是怎样
让我现在面对所有河流
都充满羞愧，并信誓旦旦
不再做一个负罪的人

远 去

所谓家乡记忆，只允许一条河
出现在低矮的屋前
只允许有一种凉度
在几个稚嫩身躯上
咬下齿印，长大后才知道
那是盟约的形状，一直等待兑现
想起那条河的时候
它消失了很久，想起长辈在风大的秋天
强迫我，认它作庇护的亲人
但不许跃入其中
想起我把这个秘密，偷偷告诉一个女孩
我们坐得那么近，让她红了脸
却在数年后，人群中偶遇
相互没有问候，各奔所向
像是互怀歉意
想起每次黄昏，所有人离开河岸时
水面总会收成一滴水的光晕
映着人们远去
日复一日变浅

静止的钉子

再不刺穿点什么
锐气都碎化了
温湿的空气，日复一日
溶解出头部的锈
像不像丢了尊严的人
还有一次机会
抖擞出寒光，还可以全力以赴
楔入空无之处
拔出时，碎屑满地
夹杂另一维度的血丝
然而，力道饱胀
目标难寻
这使它一直静而未动
屏住呼吸，并为了减少摩擦声
稍稍收起羽翼

失声

多少次梦里，像个哑巴
拼命呼喊
却被悄无声响地
按住胸膛
在黑暗的房间旋转
无法找到打开灯的方式
每次掉落深渊，还是喊几声
喊出一朵白花，一道月光
一次次徒劳
最终无法将自己唤出梦境
结局都是深深睡去

静 音

关闭声音的手机
失手坠入深渊
不停拨打和呼喊，多希望它
发出回应，哪怕回声微弱
需要我匍匐在地
略带忏悔，容许它
日后偶尔不合时宜地喧哗
哪怕此刻仅仅发出震动
方向不明，我需要化身入境
启用玄冥之术，换种方式
感受来自另一世界的敲击
但它除了发光，再无办法
发出信号
它也无法让光线弯曲
余留的刻度，只能逐格减退
冥冥中闭合睡眼
休眠

前方大雾

预告传来，五十公里外
即将进入浑黑世界
提前出发的队伍，已被困于高速路上
此片晴空下，我们呼吸着透明空气
胸中幻化开放的云朵，还如多年前
那么白。稍顷车厢内
将会戴满污浊面具
满载的公交车，腹内热气蒸腾
前方无法疏解，我们驶往一段死结
一定有人开始悲哀，鼓足怨怒准备
但是没有人下车

锁

数枚钥匙，为一把锁
化骨成型。走失的那支驼峰
有让锁失去安全感的起伏线
也让那串挂起的风铃
发出瑟瑟战栗之音
谁需要命运里，还候选着
那么多替代者呢
它走向荒凉，跳入炽烈火焰前
锁始终担心
内心深处曲折小径
不时传来熟悉回响

闯红灯的人

她差点被风撕裂
差点碰撞出黑色蝴蝶
一场暴烈扇动前
被截在路口
风暴熄灭，惊魂未定
一个追赶不上回程的人
赶不上春天
一团不融于夜色的软体
历经整夜
无法化开

桃　花

1

想有那么几次清晨
到小金山观景台
向花海深处眺望
望得见离失故人处，便近情不语了
二十二万亩花香，粉色河流
一朵朵漩涡打转着相同的花朵

好好看一眼家乡的人
总会掏出许多没了根源的忧伤
有如当初向往天空辽阔的孩子
跳起和落下，都有一双手
托出花瓣的形状

2

清明该有杏花纷落
你的久居之地，四面开满桃花

我们相逢的日子
如杏花，微白
现在它们变换颜色

繁花满枝时，我一遍遍将你想起
对于一个离开的人
生前若无太多牵挂
总怕会淡忘了模样

3

今夜该唤来桃花潭水
一弯钩月，两侧绯红
就算盛唐江流灌满泖河洵水
我们也笑而不语，不惊

生在桃源，总可以这样
做谦谦隐者，又偶然狂妄
七千年地下，拔出石器就是一处伤口
千年烽火高处，仍有狼烟余温
如何二十万亩桃花，我们隐而不语

春风万里，桃花将开，说趁酒热快饮
否则故人一笑，便夜色如水，凉过几个夜晚了

就让它瞬间几个世纪吧，人面何处
谁在唱去年今日，此门无数，总有人唱个没完
更早时，有人抽刀夜色，穿越桃园
抵达今夜，恨恨不能与我们
为相逢结义

4

她的名字取自门口野树
小名幺幺
"桃之夭夭，灼灼其华"
饥寒交困年代，知识分子父亲仍有坚忍
"那是一只野毛桃，幺幺
现在你叫桃花"，春风里
已是波涛万顷
在她的园子
一棵野树扎根深土
万芳丛中，灼灼其华

天　井

1

五十米高深
周边墙壁挡不住
旋转莫测的风
平台上，竹丛褪了色泽
新绿不停生长
楼顶遮阳伞是献给天空的蘑菇
我在伞柄下昂首
不敢直视天空白光

2

巨大建筑是城市之巅
天井中心
我如失去尾翼的壁虎
蜷缩在瓶底怅然无力
四面透明的玻璃门内
漂亮的女同事们忙碌快活
像一只只跳跃的松鼠
我的衣角常常跟随她们飘动
旋转的气流
增加了风速

3

走廊内飘荡着打磨咖啡的气味
从天井抽向天空
大楼行进在西式节奏里
闪耀淡淡棕色
新来的洋总监悠闲地沏一杯绿茶
对着竹坛凝神品味
他相信这里
能修炼出一种叫太极的功夫
无暇顾及女下属们
蹦跶出的生硬英文单词
他拼命学习汉语
想成为这里中文最好的老外
当茶香飘进竹林
一切和谐而宁静

4

天井花园是大楼飘浮的幻境
那些晕高植物
努力适应了环境
享受每日里的修剪和变异
这里不是温室
巨大温差与对流常常突显狰狞
没有选择的机会

只有默默地努力生长

5

我常常在这里仰望天空
企盼飞鸟
等待鱼群游进幼时的玻璃缸
看云团翻涌
若山峰再造
像一次次历经天荒地老
仍无法感知生命
在太阳光从暖到冷的轮回折射里
我反复穿越
仍无法找到与之对话的线索